KB181847

한국 희곡 명작선 49

김 선생의 특약

한국 희곡 명작선 49

김 선생의 특약

임은정

평민사

김은정

정

김 선생의 특약

등장인물

김영미 – (32) 여, 기간제 국어 교사
박희찬 – (38) 남, 10년차 보험설계사
이나리 – (28) 여, 기간제 영어 교사
엄한수 – (45) 남, 학년 부장 교사
최일숙 – (55) 여, 중학교 교장
윤신영 – (43) 여, 강현준의 엄마
강현준 – (15) 남, 센척하는 까칠한 중학생
조련사 1, 2, 3 / 교장 / 교사 1, 2
(＊기타 배역은 해당 장면에 등장하지 않는 다른 배역이 함)

때

현대

장소

중학교 회의실, 교무실, 상담실

무대

학교를 상징하는 커다란 녹색 칠판이 배경이다. 사실적이지는 않고 일그러진 이미지로 표현한다. 네모난 테이블, 소파, 의자, 책상이 있고 한쪽으로 창문도 보인다. 각 장소는 의자, 테이블, 책상의 모양과 배치로 변화를 보여줄 수 있다. 교무실은 소파와 교사 책상이 여러 개 붙어 있는 곳으로, 상담실은 큰 책상과 화분으로, 회의실은 긴 테이블, 의자, 화이트보드 정도로 표현이 가능하다. 전체적으로 각진 네모 규정된 틀의 이미지를 강조한다.

1장

중학교 작은 회의실.

말끔한 양복 차림의 박희찬은 어떤 상황을 재연하고 있다.

긴 테이블 옆에 큼직한 가방이 하나 놓여 있다.

김영미는 왼쪽 팔에 깁스를 하고 의자에 앉아 몰입하고 있다.

박희찬　(슬로모션) 그러니까 종합하자면 강편치가 날아오는 그 순간 나가떨어지는데, 이렇게 갑자기 확 꼬꾸라지면서 몸 전체가 균형을 잃고 왼쪽 손을 세게 짚으며 머리까지 교실 바닥에 쾅 부딪히고…….

김영미　머리는 칠판 모서리.

박희찬　그러니까 왼쪽 손을 세게 짚으며 머리를 칠판 모서리에 쾅 부딪히고 뒤로 쓰러진…….

김영미　아니 앞으로요.

박희찬　그러니까 머리를 칠판 모서리에 쾅 부딪히고 앞으로 쓰러졌다고요?

김영미　피가 조금…….

박희찬　그러니까 종합하자면 강편치가 날아오는 그 순간 나가떨어지는데, 이렇게 갑자기 확 꼬꾸라지면서 몸 전체가 균형을 잃고 왼쪽 손을 세게 짚으며 머리까지 교실 바닥에 쾅 부딪히고 앞으로 쓰러지면서 피가 조금 났다고요?

김영미	(조금씩 몰입) 피가 점점 흘렀죠.
박희찬	마지막으로 종합하자면 강펀치가 날아오는 그 순간…… (설명하다 건너뛰어) 됐고, 했다 치고. 앞으로 쓰러지면서 피가 점점 났다고요?
김영미	(벌떡 일어나) 점점이 아니라 철철!
박희찬	아니 머리는 멀쩡하신데…….
김영미	내 마음이, 마음으로 그랬다는 겁니다.
박희찬	보이지 않는 감정까지 재연하긴 어렵습니다만…….

다가와 조심스럽게 권유한다.

| 박희찬 | 직접 하시는 게 빠르지 않을까요? |

김영미, 앞으로 나오며 순순히 응한다.

김영미	괜찮으시겠어요? (곧바로 주먹을 배로 날린다)
박희찬	헉. (쓰러지는 척하다 일어나) 약한 것 같은데.
김영미	그게 아니에요. 바꿔요.
박희찬	(권투하듯) 라이트, 레프트, 훅! 얼마든지요. 들어갑니다.

천천히 주먹이 날아오고, 김영미가 다친 팔로 막다가 부딪힌다.

| 김영미 | 으악! |

박희찬, 당황해 순간적으로 김영미의 팔을 세게 움켜쥔다.

김영미   으악!

박희찬   (물러서며) 앗! 미안합니다.

김영미, 팔을 감싸고 주저앉는다.

김영미   이제 그만하면 안 될까요?

박희찬   미안해요. 상황에 너무 몰입하다보니 주책없이 길어져
서. (자책) 꼭 이런다니까. 사고 순간을 정확하게 짚고 넘
어가야 보장도 제대로 받을 수 있는 거라서 그런 거니
이해하십시오. 많이 아프세요?

김영미, 힘없이 일어나 의자로 가 앉는다.

김영미   아픈 거 보다 쪽팔려 죽겠네요.

박희찬, 옆으로 다가와 분위기 만회하려고 한다.

박희찬   얼마나 놀라셨습니까? 놀라도 이게 보통 놀랄 일이 아니
죠. 근데 가입 선물로 나간 총 있었잖아요. (쏘는 시늉) 그
걸로 한방에, 탕! 탕!

김영미   어휴, 그랬다간 큰일나게요.

박희찬	그냥 겁도 좀 주고 방어를 하는 건데요. 정당방위!
김영미	딴 데면 몰라도 여기서 어떻게 그걸 써요.
박희찬	농담입니다. 3단봉이나 전기 충격기로 드릴 걸 그랬나?
김영미	그런 게 몇 개 더 있어야 할 것 같아요. 솔직히 불안해 죽겠어요. 애들도, 학부모도, 이 학교의 그 누구도 더는 믿을 수가 없습니다.
박희찬	비록 가스총이지만 여 선생님들 호신용으로 그만한 것도 없습니다.
김영미	가방에 잘 넣고 다니고 있어요.
박희찬	성능 확실한 최신 제품으로 선물 드렸어요. 급할 때 요긴할 겁니다. 그리고 가방은 불안 불안해요. 잠깐씩 놓고 다닐 때고 있고. 조선시대 여자들 그거요. 은장도! 은장도처럼 몸에 항상 지니고 다니세요.
김영미	그럴까요? 늘 그게 있어서 안심이었는데 일이 이렇게 돼서…….
박희찬	그래서 저희들이 있는 겁니다.

가방에서 휴대용 어깨 안마기를 꺼내서 서비스한다.

김영미	이런 것도 가지고 다니세요?
박희찬	이제부터 정신 바짝 차리고 차별화 서비스로 고객님들께 다가가기로 했습니다. 이 정도는 약과예요. 아는 설계사 놈 중에는 최고급 안마의자를 아예 통째로 끌고 다니

는 무시무시한 놈도 있어요. 경쟁은 치열해지고 사는 게 모험입니다. 잠깐이라도 피로 좀 푸세요.

김영미   전화 접수하고, 서류는 팩스로 보내도 되는데.

박희찬   다른 고객님들하고 김 선생님이 어디 같나요? 당연히 직접 와서 스피드하고, 스페셜하게 처리해 드려야죠.

김영미   (일어나며) 내 정신 좀 봐. 차도 한 잔 안 드리고.

박희찬   아니요. 괜찮아요. 차는 됐고, 저기 부탁드린 명단이나 좀…….

김영미   그게 개인 정보라서…….

박희찬   부탁 좀 드립니다. 아는 선생님들 많다면서요? 이번 달에도 제대로 성과 못 올리면 저는 정말 죽습니다. 제발 도와주세요. 선물 많이 챙겨 드릴게요. 이번 보험금도 사상 최고 금액으로 확실하게 뽑아 드릴게요.

김영미   최고 금액으로요?

박희찬   네.

김영미   얼마나 될까요?

박희찬   글쎄요. 조목조목 따져봐야 하는데…….

박희찬, 테이블 의자로 와서 앉는다. 가방에서 테블릿 PC 꺼내 메모한다.

박희찬   의사는 뭐래요?

김영미   부러진 건 아니고 손목뼈에 금이 좀 갔대요.

박희찬	차라리 입원을 하지 그러셨어요? 입원비, 간호비도 다 보장되잖아요. 외래 다니는 것보다 입원하는 게 훨씬 유리한데 그래요. 전치 3주 정도는 너끈히 나올 텐데.
김영미	쉿! 입원 조치 해놓고 잠깐 외출 나온 겁니다.
박희찬	아니 왜요?
김영미	긴급회의가 있거든요. 어제 일 때문에…….
박희찬	아무리 급해도 그렇지 환자를 오라 가라 합니까?
김영미	저 같은 교사는 마음껏 아플 처지가 못 됩니다. 그러다 밥줄 끊겨요. 자리가 위태위태해진다고요. 실은 의사가 통원치료해도 된대요.
박희찬	다른 데는 괜찮아요?
김영미	머리는 CT, 엑스레이 결과는 괜찮다고 했는데 3~4일 후에 토하고 어지럽거나 울렁거리는 증상 있으면 다시 보자고요.
박희찬	뇌진탕일 수도 있다는 거네요.
김영미	그럼 더 받을 수 있어요?
박희찬	보험금보단 안 아픈 게 낫지 않을까요?

박희찬, 보험 계약 서류를 꺼내 다시 확인한다.

박희찬	머리는 경과 잘 관찰해 보고 이상 있으면 빨리 조치하시고 그것도 병원 진단서 꼭 챙기십시오. 그리고 걱정 마세요. 혹시라도 뇌진탕이면 금액은 확실히 더 받을 수

있으니 치료비 걱정은 안 해도 됩니다. 일단 머리 상황을 봐야하니까 보험료 청구는 좀 더 기다렸다 다 모아서 한꺼번에 진행하시는 게 좋겠습니다.

김영미 빨리요! 다친 것도 억울한데 보험금이라도 빨리 받고 싶어요.

박희찬 그럼 팔부터 진행하겠습니다. 서류는 준비됐죠? 진단서, 통장 사본, 주민등록증! 진료비 세부 내역서, 영수증!

김영미는 다급하게 테이블 위, 아래를 살피며 찾는다.
박희찬도 같이 찾는다.

김영미 깜박했어요. 교무실에 두고 왔나 봐요. 어제 오늘 정신이 좀 없어서.

박희찬 이따 제가 교무실로 가죠 뭐.

김영미 교사들 연락처 대강 정리한 명단도 거기 같이 됐는데. 대신 보험금 최대한 많이 받아 주시는 겁니다. 선물도 꼭 주는 거고.

박희찬이 가방을 뒤져서 선물(호신용 호루라기)을 하나 꺼낸다.

김영미 학교를 자주 옮겨 다녀서 아는 선생님들 연락처 하나는 두둑해요.

박희찬 이번에 크게 액땜 했다 생각해요. 엎어진 김에 쉬어가는 겁니다.

김영미 그런 소리 마세요. 그러다 영영 쉬어야 해요. 확 잘린다
고요. (선물 쳐다보며) 연락처가 아마 200~300명은 되는
것 같은데…….

솔깃해 하며 선물(호신용 3단봉)을 하나 더 꺼낸다.

김영미 아니지. 옮겨 다닌 학교마다 행정실 직원, 교생 선생
님, 주사 아저씨들까지 다 합치면, 못해도 최소 (강조하며)
500명은…….

박희찬 (하나 더 꺼내들고) 전기 충격기! 호신용 3단봉! 호루라기! 3
종 세트로 선생님한테만 특별히 몽땅 전부 다 드릴게요.

김영미 해봐도 돼요?

박희찬 네.

김영미는 3단봉을 펴서 휘둘러보고, 호루라기도 불어본다.
전기 충격기를 박희찬에게 갖다 대려고 하자,

박희찬 (물러나며) 안 돼요. 선생님!

김영미, 물러나 계속 만지작거린다. 잠시 침묵.

박희찬 근데 일이 어쩌다 그렇게까지 된 거예요?

김영미   (머뭇거리다) 설명하자면 길고 복잡해요.

박희찬   일이 일이니만큼 충격 많이 받으셨죠?

김영미   외상 후 스트레스 장애 이런 건 보장 안 되나요?

박희찬   추가로 특약 하나 더 넣으실래요?

김영미   추가로요?

박희찬이 선물을 가져가려 하자, 김영미는 아쉬운 듯 안 놓으려
한다.

박희찬   명단 넘기시면 그때…….

다 빼앗아 가방으로 모두 챙겨 넣는다. 지퍼도 단단히 채운다.

박희찬   솔직히 정신과적 보상은 어려운 부분이 많습니다. 증명
하기가 너무 힘들죠. 하지만 우리 보험에서는 그 부분
특약 상품도 아주 잘 나와 있어요. 김 선생님이 든 건 신
체적 보장 위주 보험 상품입니다. 이거라도 미리 특약
걸어 놓길 잘하신 거지만, 정신과적인 걸 또 추가하면
아주 금상첨화죠.

그때 엄한수가 슬그머니 들어온다.
한손에 매를 들고 있는 굳은 표정의 선생님이다.
뒤에서 박희찬의 설명을 엿듣는다.

| 박희찬 | (계약 서류 내밀어 확인시켜 주며) 피보험자가 교내 생활을 하다가 학생에게 당한 신체적 상해에 대해 가입 금액 한도로 보장한다. 여기, 확인해보세요. 또한……. |
| 엄한수 | 보험이라뇨? |

김영미, 놀라며 급히 인사한다. 박희찬도 가볍게 목례한다.

김영미	아니, 그게…….
엄한수	김 선생님, 지금 뭐하시는 겁니까?
박희찬	보험금 지급 때문에 그러는데.
엄한수	네? 보험금? 아니 보험금을 타시다니요?
김영미	아니 그게, 저번에 상해보험 들어 둔 게 있어서요.
박희찬	학생폭력에 대해 특약을 잘 걸어두셨죠.

엄한수, 가까이 다가와 김영미를 나무란다.

엄한수	김 선생, 이게 다 무슨 소립니까?
박희찬	뭐가 잘못 됐나요?
김영미	아니에요 선생님. 그냥 다친 팔 보험 처리 받으려는 거예요.
엄한수	그게 문제가 아니잖습니까? 내가 잘못 들은 겁니까? 선생이 학생한테 맞은 걸로 보험금을 타요? 이게 말이 되는 소립니까?

김영미   아니 선생님 그게 아니라, 저는 그냥……

엄한수   젊은 선생들 정말 무섭습니다. 어떻게 이런 생각을 다 합니까? 도저히 있을 수 없는 일입니다.

박희찬   요즘 뜨는 상품인데. (분위기 심각해지자 조용히 보험 리플릿을 꺼내서 보는 척한다)

김영미   부장 선생님, 그런 게 아닙니다.

엄한수   (호통) 그러게 내가 뭐랬습니까? 애들 꼼짝 못하게 확실히 좀 잡으라고 하지 않았어요. 그 자식들이 어디 말로 해서 듣습니까? 얕잡아 보이면 안 된다고 강조했잖습니까.

김영미   한다고는 했는데, 애들이 워낙에 별나기도 하고.

엄한수   그 보험은 절대 안 됩니다.

김영미   선생님!

엄한수   안 될 일입니다.

김영미   선생님! 그런 게 아닙니다.

엄한수   담임이 애 하나를 못 잡아서 일을 그렇게 만들고, 보험금까지 타 먹는 게 교사로서 할 일은 아닌 것 같습니다. 그러다 교장 선생님이나, 학부모들이라도 알면 어쩌려고 그럽니까?

김영미   (고개 숙이며) 조심하겠습니다.

엄한수   어떻게 그런 보험에 가입할 생각을 다 했습니까?

박희찬, 엄한수에게 적극적으로 보험 리플릿을 내민다.

박희찬   끝내주는 상품 있다고 제가 알려 드린 겁니다. 요즘 선생님들 심심치 않게 가입들 많이 하십니다. 다들 아시다시피 요즘 학교폭력 문제가 아주 심각하잖습니까. 선생님들도 폭력에 대비를 하셔야 해요.

엄한수   그거하고 이거하고 어디 같습니까?

박희찬, 한 마디 '툭' 던지며 끼어든다.

박희찬   맞은 거야 똑같죠.

엄한수, 박희찬을 못마땅하게 째려본다.

엄한수   뭘 안다고 그럽니까? (잠시 침묵) 김 선생, 복잡한 기분 모르는 거 아니지만 그래도 이건 아닙니다. 이러지 마세요.

김영미   그냥 보험이에요. 보험이 뭐가 그렇게 잘못된 일인가요?

엄한수   김 선생! 교사는 끝까지 교육자로서 본분을 지켜야 합니다. 이번 일의 책임은 김 선생 자신한테 있는 겁니다. 그런데 보험이라뇨? 학생한테 맞을 일을 미리 대비하다니요? 생각이 불순합니다. 그리고 학교에서 교사가 튀어서 좋을 거 하나도 없습니다. 빨리 저 사람 돌려 보내고 그런 이상한 보험 같은 건 없던 일로 처리하세요.

박희찬   네? 돈 다 냈는데 아깝게 왜 그래요?

엄한수   그깟 돈 몇 푼이 중요한 게 아니에요. 그러다 호미로 막을 일을 가래로 막게 됩니다.

이나리, 호들갑스럽게 들어온다. 명랑하고 쾌활한 선생님이다.

이나리   언니! 아니 김 선생님, 큰일 났어요!
엄한수   무슨 일입니까?
이나리   현준이 엄마가 오셨어요. 교장실로 바로 가신다는 걸 겨우 말렸어요. 빨리 교무실로 가보세요.
김영미   또 왔어?
엄한수   이거 한판 시끄럽게 생겼군.

김영미, 급히 나가려는데 박희찬이 부른다.

박희찬   김 선생님! (손짓하며) 그거요! 그거!

김영미, 잠시 멈추고 뒤돌아보다 다시 나간다.

박희찬   현준이가 누구예요?
이나리   현준이는 왜요?
엄한수   당신은 알 거 없습니다.
박희찬   (사이) 아, 아, 그 펀치!

테이블 위에 놓인 보험 리플릿을 보는 이나리. 관심 갖고 유심히

본다.

이나리　어머, 이게 다 뭐예요?

엄한수　김 선생이 사고 쳤습니다.

박희찬, 이번에는 명함을 꺼내 적극적으로 돌린다.

박희찬　(나눠주며) 인사가 늦었습니다. FC 박희찬이라고 합니다. 혹시 각종 보험 필요하시면 언제든지 콜 해주세요. 특히, 김 선생님이 가입하셔서 이번에 든든한 보장을 받는 '학교폭력보험' 전문입니다.

이나리　학교폭력보험이요? 어머 그게 뭔데요?

박희찬　그게 말입니다…….

엄한수　이봐요. 그만하고 이제 돌아가세요.

박희찬　김 선생님한테 아직 받아야 할 게 있어서…….

이나리　정말 그런 보험이 있어요?

엄한수　(매로 테이블 치며) 이 선생! 신경 끄세요. 김 선생 보험 얘기는 비밀로 하십시오. 학교에 쓸데없는 소문 나봐야 좋을 거 없습니다.

엄한수, 뒤돌아 나가려고 하는데,

이나리　걱정되셔서 가보시는 거예요?

엄한수   (돌아서며) 회의를 못했잖습니까.

박희찬, 끝까지 쫓아가 보험 리플릿을 손에 꼭 쥐어준다.

박희찬   이거라도 가져 가서서 한 번 꼭 보십시오.
엄한수   됐어요. 관심 없다니까. (마지못해 들고 나간다)

이나리, 엄한수가 나가자 궁금한 것을 계속 묻는다.

이나리   그러니까 그게 정확히 무슨 보험이라는 거예요?

엄한수가 갑자기 다시 문을 확 열고 들어온다.

엄한수   (매를 입에 대고) 이 선생, 쉿!
이나리   선생님! 놀랬잖아요.
엄한수   입에 지퍼 채우세요. 입조심!

이나리, 엄한수가 확실히 갔는지 내다보며 재차 확인한다.

이나리   독사는 늘 나만 갖고 그래.

박희찬은 이나리를 의자에 앉히고, 어깨 안마기를 해준다.

박희찬 이 선생님이라고 하셨죠? 편하게 좀 앉으세요.

이나리 이건 또 뭐예요?

박희찬 잠깐이라도 릴랙스 하시고 피로 좀 푸십시오.

이나리 별걸 다 가지고 다니시네.

가방에서 화이트보드를 꺼내 적어가며 친절하게 설명해 준다.

박희찬 그러니까 이게요. 학교폭력에 대비한 선생님들을 위한 아주 스페셜한 보험이라는 겁니다. 일반적으로 실손 보장과 정액 보장으로 구분하는 데요…….

이나리 단체 보험 같은 거예요?

박희찬 그거하고는 다릅니다. 포괄적 상해보험에는 이런 특약은 없습니다.

이나리 특약이요? 뭐가 점점 더 어렵네. 따분하고 복잡한 건 딱 질색인데.

박희찬 복잡할 거 하나도 없습니다.

이나리, 흥미를 잃고 슬쩍 일어나려는데,

이나리 다음에요. 보험이야 뭐 다 거기서 거기겠죠.

박희찬 아니 무슨 그런 섭섭한 말씀을 다 하십니까?

어깨 안마기도 벗고 가려고 하는데,

이나리　됐어요. 지금 바빠서 시간도 없어요.

박희찬　선생님, 딱! 5분만요……

　　　　온몸에서 색깔 카드를 하나씩 꺼내며 쇼하듯 설명을 이어간다.

박희찬　일단 학교폭력보험에 가입하셔서 주 계약을 하십시오. 피보험자가 교내 생활을 하다가 학생에게 당한 상해에 대해서 가입 금액 한도로 보장한다. 그리고 만일의 학생 폭력 사태에 대비해 이렇게 구체적인 특약 하나 걸어 두면 아주 든든하죠. 학생들이 위협적으로 대들어도 안심할 수 있습니다.

이나리　김 선생님이 진짜 이걸 들었다고요?

박희찬　진작 가입해 두셨기에 망정이지. 보세요. 설마 설마해도 이런 일이 꼭 생긴다니까요. 적은 금액으로 특별한 리스크를 보장받는 겁니다.

이나리　언니가 정말…….

박희찬　네. 다른 선생님들도 관심이 많으십니다.

이나리　누가요?

박희찬　몇몇 분들이 조용하게 상담을 해 오셨어요.

이나리　어머, 어머. 정말이요?

박희찬　미리 미리 대비하시는 게 현명하신 겁니다.

이나리　언어폭력은요? 요즘 애들 욕하는 게 장난 아니거든요.

박희찬　그것도 특약 하나만 추가하시면 오케이입니다.

이나리   (솔깃) 한 달에 얼마예요?

박희찬   특약 조건에 따라 조금씩 다른데. 정신적인 폭력이 추가
되면 비용이 더 올라가고 학부모에 의한 폭행도 보장받
으려면 좀 더 추가되고요.

이나리   학부모 폭행도 보장된다고요?

박희찬   그거뿐이게요. 상황에 따라 치료비, 입원비, 성형수술비
및 변호사비까지 모두 다 지원 받을 수도 있습니다.

이나리   대박!

박희찬, 열성적으로 보험 가입을 권유한다.

2장

비교적 한적한 오전의 교무실.

윤신영, 큰소리를 치며 난리를 부리고 있다. 김영미는 마지못해 응대한다.

윤신영　무슨 말도 안 되는 소리를 하고 그래.

김영미는 대답을 회피한다. 윤신영은 악다구니를 퍼붓는다.

윤신영　당신 미쳤어? 우리 애한테 무슨 짓을 한 거야.
김영미　어머님! 이러지 마세요.

윤신영, 김영미에게 다가오려는데 엄한수가 강하게 소리친다.

엄한수　어머님!

다 같이 쳐다본다.

엄한수　(조용하게) 쉿! 곧 애들 영어 듣기 모의시험 시작합니다.

윤신영, 못 이기는 척 거만한 태도로 소파에 앉는다.

김영미는 안절부절 하며 그 주위에 계속 서 있다.

윤신영 재수가 없으려니까 별게 다 설쳐.

엄한수 어머님! 먼저 김 선생 얘기 좀 들어보시죠.

윤신영 현준이는 절대 그런 애가 아니라니까.

김영미 나쁜 애라는 게 아닙니다.

윤신영 우리 애는 잘못한 거 하나도 없어. 뭘 잘못했다고 그래? 왜 우리 애 탓을 하냐고. 다친 걸 왜 우리 현준이를 걸고 넘어지냐고.

김영미 탓을 하려고 그러는 게 아닙니다.

윤신영 아니긴 뭐가 아니야. 우리 현준이는 내가 잘 아니까 당장 징계 철회해. 공부하기도 바빠 죽겠는데 그런 벌이 말이 돼?

김영미 그냥 넘어갈 일은 아니잖습니까?

엄한수 (말리며) 김 선생!

윤신영, 벌떡 일어난다. 다시 싸울 기세다.
박희찬이 슬쩍 교무실로 들어와 뒤에서 상황을 지켜본다.

윤신영 지금 누굴 가르쳐? 그런 설교 듣고 싶지 않아. 당신이 우리 애를 못살게 괴롭히고 자극해서 일을 그렇게 만들어 놓고 왜 우리 현준이가 벌을 받아?

김영미 자극하다뇨?

윤신영 그럼 우리 애가 왜 그래? 그 착한 애가 그럴 리가 없잖아.

김영미 어머님! 그런 게 아니라니까요.

윤신영 야! 겨우 팔 조금 다친 거 가지고 유세 좀 그만 떨어.

박희찬, 한마디 던지며 끼어든다.

박희찬 조금이 아니에요. 전치 3주!

엄한수 (당황) 당신은 상관하지 말고 좀 나가.

박희찬 김 선생님! 진단서 어딨어요? 보험사에 낼 거요. 얼른 보여주세요.

윤신영, 박희찬과 김영미를 번갈아 쳐다본다. 뭔가 의심스러운 표정이다.

윤신영 혹시, 당신······.

김영미 ······.

윤신영 아니 일부러 그런 거야?

김영미 네?

윤신영 이것들이······.

김영미 그게 다 무슨 말씀이세요?

윤신영 죽고 싶어 환장했어?

엄한수, 윤신영이 너무 흥분하자 적극적으로 말린다.

엄한수	어머님! 제발 진정 좀 하십시오. 영어 듣기요.

영어 듣기 방송 소리 흘러나오다 조금씩 잦아든다. 잠시 침묵.

윤신영	(화가 덜 풀려) 교장 있지?
엄한수	네. 안내해 드리겠습니다.
김영미	어머님!
윤신영	넌 빠져! 기간제 담임 주제에 왜 미쳐 날 뛰어?

엄한수, 화난 윤신영을 데리고 나간다.
박희찬은 김영미를 위로하는 척하다가 속내를 드러낸다.

박희찬	괜찮아요? 김 선생님! 이러다 정말 큰일 나겠습니다. 이 참에 학부모 폭행 부분도 특약 하나 추가하세요.

엄한수, 다시 교무실로 들어와 박희찬에게,

엄한수	당신! 좋은 말로 할 때 빨리 돌아가.
박희찬	일이 끝나야 가죠.

엄한수, 박희찬이 말을 안 듣자 다가와 끌어낸다.

엄한수	당장 나가라고. 꺼져 좀.

박희찬, 순식간에 끌려 나가며 소리친다.

박희찬 김 선생님! (빠르게) 진단서, 통장사본, 주민등록증! 진료
비 세부 내역서, 영수증, (제일 크게) 명단!

김영미, 급히 책상에서 서류를 챙겨 넘겨주려다 못 건네준다.
이나리, 분위기 살피며 교무실로 살금살금 걸어 들어온다.

이나리 갔어요?

김영미 교장실.

이나리 (크게 한숨 쉬고 안심하며) 무섭다, 무서워. 1학년 때 나도 한
번 당했잖아요. 그때도 다짜고짜 교장선생님부터 찾더
라고요.

김영미 그랬어?

이나리 반말 찍찍하면서 잘난 척하는데 엄청 혼났어요. 난 담임
도 아니고 그냥 교과 담당이었는데.

김영미 무슨 일로 그랬는데?

이나리 별거 아니었어요. 현준이 영어 점수가 잘못됐다고 확인
한다고요.

김영미 그거 확인하러 교장실에 찾아간 거야?

이나리 내 말이요. (김영미가 손에 쥐고 있는 서류 보고) 그게 다 뭐에요?

김영미 아무것도 아니야.

김영미, 자기 책상 서랍으로 서류를 집어넣는다.

이나리 미쳤어. 자기 아들 때문에 다쳐서 이러고 있는데.

김영미 짜증나 죽겠다. 이 꼴이 다 뭐니?

이나리 솔직히 현준이 괘씸하지 않아요?

김영미 그것보다 창피하고 쪽팔려 죽겠어. 애들 다 보는 앞에
서…… 체면이 말이 아니야. 존심 확 다 구겼지 뭐.

이나리 사과는 해요?

김영미 바랄 걸 바래라. 어제 그러고 아직 얼굴도 못 봤어.

이나리 언니! 근데 그 보험이요, 왜 나한테 말 안했어요? 좋은
거 있으면 같이 해야지. 특약마다 보장성 죽여주던데.

김영미 알고 있었어? 너도 들려고?

이나리 그 설계사 남자가 엄청 꼬시던데요.

김영미 독사가 난리칠지 모르니까 조용히 가입해.

이나리 네. 휴게실이라도 가서 좀 쉬어요.

김영미 보나마나 바로 부를 건데 대기해야지.

이나리 마귀할멈이요?

엄한수, 다시 교무실로 들어온다.

이나리 (호들갑) 갔어요? 갔어요?

엄한수 이 선생! 보험에 관심 끄라니까.

이나리 아니요. 현준이 엄마요.

엄한수　아직 말씀 중입니다.

이나리　(혼잣말) 마귀할멈이 둘이네.

엄한수　이 선생!

이나리　아, 죄송해요.

엄한수　입조심 좀 하세요.

엄한수, 자기 책상으로 가 앉는다.

김영미와 이나리도 눈치를 살피며 조용히 자리에 앉는다.

엄한수　학교 차원의 큰 징계는 못 내릴 것 같습니다.

김영미　그래도 벌은 받아야죠.

이나리　맞아요.

엄한수　현준이 엄마가 저렇게 난리를 치니 아무래도 조용히 덮고 넘어가는 게 상책일 것 같습니다.

김영미　덮고 넘어간다고요?

이나리　(혼잣말) 학부모가 완전 상전이네.

엄한수　별 수 있나요. 여긴 학교고, 우리는 교사인데…….

김영미　부장 선생님, 회의요?

엄한수　기다리세요. 현준이 어머니 가시면요.

김영미　빨리 좀 해요. 병원 가봐야 됩니다.

엄한수 발끈하며 일어나 매로 자기 책상을 내리치며

김영미를 다시 한 번 강하게 야단친다.

엄한수　그러게 애 하나를 못 잡아서 학교를 시끄럽게 만듭니까?

김영미　죄송합니다.

엄한수　이런 일에 잘잘못을 따져봐야 누워서 침 뱉기고. 김 선생은 당분간 행동거지 조심하고 자숙하세요.

이나리　(눈치 보며) 김 선생님이 당한 건데요. 피해자요.

엄한수　아니 지금 피해자 가해자 나누고 학생을 고소라도 하게요?

김영미　고소라뇨? 아닙니다. 선생님.

엄한수　무슨 문제라도 손바닥이 마주쳐야 생기는 겁니다. 애들을 초장부터 강하고 엄하게 잡았다면 이런 일은 안 일어났어요.

이나리　(혼잣말) 애들이 무슨 물고기도 아니고.

엄한수　뭐라고요?

이나리　아니요. 물 먹고 싶다고요.

이나리, 주위에 보이는 생수병 집어 들고 마신다.

엄한수　두 분 다 애들 확실히 잡으세요. 여자 선생님이라고 학생들이 얕보고 쉽게 생각 안하게 말입니다.

김영미·이나리　(묵묵부답)

엄한수　(강조하며) 기간제라고 깔보지 않게 말입니다. (대답이 없자 호통) 입은 출장 갔습니까? 왜 대답을 안 합니까?

김영미·이나리　(마지못해) 네.

박희찬, 반대편 교무실 창문으로 불쑥 고개를 내민다.
다 같이 놀란다.

김영미·이나리　으악!
엄한수　이 사람이 진짜.
김영미　거기서 뭐하세요?

창문 밖에서 긴 집게에 보험신청서를 꽂아서 이나리에게 내민다.

박희찬　이 선생님! 이거요.
이나리　네?
박희찬　최종적으로 몇 군데 사인만 하시면 됩니다. 결정 잘 하신 겁니다.
엄한수　이 선생!
이나리　아, 아니에요. (박희찬에게 눈짓을 한다)

수업 예비 종소리가 울린다. 이나리, 책을 챙겨 급히 나간다.

이나리　수업이 하나 남아서요.
박희찬　(손을 최대한 뻗어) 아니 사인만…….

긴 집게에 다른 것을 꽂아 엄한수에게도 내민다.

박희찬	여기 선생님 것도!
엄한수	뭐?
김영미	부장 선생님도요?
엄한수	(펄쩍) 저리 치우세요.

수업 종소리가 다시 울린다.
엄한수는 상황을 회피하며 급히 나간다.

엄한수	아차, 내 정신 좀 봐. 교장실 가야 하는데.
박희찬	아니 좀 전에 문자하셨잖아요.

박희찬, 창밖에서 울상을 짓는다. 서러움 폭발 지경이다.

박희찬	멘탈 완전 가는구나. 가입할 것처럼 해놓고 막상 꼭 저런다니까. 보험설계사하고 한 말은 말이 아니라 김치 부침개지. 너무 쉽게 뒤집어 버립니다. 이번 달은 겨우 가동만 했는데. 죽겠네 아주. 김 선생님! (서류 이름 줄여) 진통주진영 하고, 명단이나 빨리 좀 주세요.
김영미	부장 선생님도 가입을 하신데요?

김영미가 서둘러 서랍 속 서류 봉투를 꺼내 건네려고 할 때,
엄한수 문을 열고 다시 돌아와 박희찬을 몰아낸다.

엄한수   (매로 막 밀어내며) 나가. 꺼져. 좀 꺼지라고.

박희찬   안, 안 돼. 잠시만요.

박희찬, 엄한수가 계속 위협해 오자 할 수 없이 몸을 피한다,
김영미는 필사적으로 다가갔지만 서류 봉투를 못 전해준다.

엄한수   (못마땅하게 김영미를 쳐다보며) 잘 좀 합시다.

엄한수는 나가고, 잠시 후에 이나리 급히 뛰어온다.

이나리   언니! 언니! 대박! 대박! 왕 대박 큰일 났어요!

김영미   수업 중 아니야?

이나리, 책상에 있는 컴퓨터로 가서 앉으며,

이나리   인터넷, 인터넷이요, 빨리!

김영미   무슨 일인데?

김영미 옆으로 가까이 온다.

이나리   동영상 떴어요.

김영미   뭐라고?

이나리   수업 시간에 애들이 핸드폰으로 뭐 보고 있어서 잡았는

데…….

김영미   아니 어떻게 그게.

이나리   어제 언니 반 애들이 찍은 건가 봐요. 지들끼리 하는 카
톡방에 돌려 보고 인터넷에도 올린 것 같아요. 어제부터
돌았나 봐요.

동영상이 돌아간다. 김영미가 강현준을 혼내는 목소리 들려온다.

이나리   어머, 화질이 선명해서 누군지 얼굴 다 알아보겠어요.

김영미   이 자식들이 정말.

이나리   벌써 댓글도 장난 아니에요.

김영미   댓글?

이나리   어머, 어머. 말도 안 돼. 학생 폭력 유도 동영상이라니…….

김영미   뭐가 어쨌다고?

이나리   얼핏 보면 그렇게도 보이네.

김영미, 다가가 댓글 읽어 보다가 부르르 떤다.

이나리   신고해야 돼요. 이건 인권침해, 아니 범죄야.

김영미   이놈들을 아주 그냥.

이나리   이러다 언니가 다 뒤집어쓰겠어요.

김영미 자리에서 교내 전화가 울린다. 수화기 들다 번호 보고 안

받는다.

이나리　왜 안 받아요?

김영미　8500!

이나리　어머, 교장 선생님까지 벌써…….

전화가 여러 번 울리다 멈춘다. 잠시 침묵.

최일숙이 다급히 교무실로 들어온다.

최일숙　김 선생! 김 선생! 아니 일을 왜 이렇게 크게 만듭니까?

김영미　죄송합니다. 저도 방금 봤습니다.

최일숙　보긴 뭘 봐요?

김영미　아, 아닙니다.

최일숙　아니 보험사기가 다 무슨 소립니까?

김영미　네?

최일숙　김 선생이 보험금을 노리고 학생을 자극해서 폭력을 유도했다고 교육청에 방금 전에 민원이 들어갔어요.

김영미　민원이라니 말도 안 돼요.

이나리　누가 그런 짓을…….

최일숙　누구긴 누구겠어요. 자기 아들은 피해자라는 거지.

김영미　아니에요. 교장 선생님! 보험금을 노리다뇨?

최일숙　교육청 평가도 얼마 안 남았는데 이제 이 일을 다 어쩝니까?

김영미   뭐가 한참 잘못됐어요. 모두 다 오해에요.

최일숙   그런 보험은 왜 들었습니까? 교사가 들 보험이 있고, 아 닌 보험이 있지. 학생한테 맞으면 보험금을 탄다니. 김 선생, 그렇게 안 봤는데 참 발칙합니다.

몹시 당황한 엄한수가 들어온다.

엄한수   교장 선생님! 교장 선생님!

최일숙   또 뭡니까?

엄한수   일 났습니다. 방, 방송국에서 취재를 왔습니다.

최일숙   취재라뇨?

엄한수   김 선생을 인터뷰한다고…….

최일숙   아니 교육청 민원 하나 가지고 무슨 취재는 취재랍니까?

엄한수   아니 인터넷에 유출된 동영상 때문에…….

최일숙   동영상은 또 무슨 소리에요?

이나리   애들이 어제 일을 핸드폰으로 찍어서…….

최일숙   맙소사! 김 선생 없다고 하세요. 그냥 퇴근했다고.

엄한수   지금 밖에 와 있습니다. 행정실에요.

최일숙   뭐라고요?

최일숙, 불안하게 서성이다 뭔가 떠올리고 결심한다.

최일숙   엄 선생!

엄한수　네. 교장 선생님

최일숙　이 선생!

이나리　네. 교장 선생님.

최일숙　내 말 잘 들어. 지금 즉시 김 선생을 상담실로 가둬.

엄한수 · 이나리　네?

김영미, 놀라서 뒷걸음질친다.

김영미　교장 선생님!

최일숙　이대로 김 선생 방송 타면 모두 다 끝장이야. 학교 명예
는 땅에 떨어지고, 교육청 평가도 아작 나고. (엄한수에게)
엄 선생, 이번에 승진 안 할 거야? (이나리에게) 이 선생, 다
음 달에 재계약하기 싫어?

엄한수와 이나리 머뭇거린다.
김영미, 두 사람에게 애원하는 눈길을 보낸다.

김영미　부장 선생님! 나리야!

이때 교무실 전화가 시끄럽게 계속 울린다.

최일숙　시간 없어! 서둘러!

두 사람 달려들어 김영미를 붙잡아 끌고 간다.

김영미   으악! (절규한다) 이거 놔. 으악!

수업 종소리 울린다.
김영미 끌려간다.

3장

그날 밤. 상담실. 김영미의 꿈속이다.

김영미는 사각 모양의 동물 우리 안에 갇혀 있다.

세 명의 조련사가 우리 주위에 우스꽝스럽게 포진하고 있다.

조련사1이 긴 채찍을 휘두르며 다가온다.

조련사1　　1학년 5반, 김영미!

김영미　　네, 선생님!

조련사1　　어린이가 횡단보도로 길을 안 건너면 어떻게 됩니까?

김영미　　…….

조련사1　　(채찍으로 땅을 친다) 대답을 하라니까.

어린 김영미, 공포에 벌벌 떤다.

김영미　　벌, 벌을 받아야 합니다.

조련사1　　무슨 벌입니까?

김영미　　맞아야 합니다. (사이) 따귀를 맞아야 합니다.

조련사1은 채찍을 휘두르다 실수로 자기 몸을 때리고 줄에 감긴다.

아파하며 자기 자리로 간다. 조련사2는 밀대를 들고 나온다.

조련사2   2학년 1반, 김영미!

김영미   네. 선생님.

조련사2   중학생이 뜀틀을 못 넘으면 어떻게 됩니까?

김영미   잘못했습니다.

조련사2   (밀대로 바닥 내리치며) 엎드려뻗쳐!

김영미, 반사적으로 자세를 취한다.

조련사2   몇 대면 되겠습니까?

김영미   피멍이 들 때까지 맞겠습니다.

조련사2는 밀대로 땅을 내리치다가 바닥이 더러워 마구 닦는다.

김영미, 한껏 몸을 웅크리고 있다.

조련사 2, 3이 하이파이브하며 교대한다.

조련사3은 김영미에게 다가와 발로 툭툭 찬다. 성적표 들고 있다.

조련사3   3학년 10반, 김영미!

김영미, 몸을 일으켜 일어난다.

김영미   네, 선생님!

조련사3   (성적표 던지며) 고3 성적이 이 꼴이면 어떻게 됩니까?

김영미   (김 선생으로 돌아와) 이 꼴이면 어때서?

조련사3 지금 선생님한테 개기는 거야?

김영미 장난이에요. 에이, 왜 그래요.

조련사3 (협박) 어떻게 되냐니까?

김영미 에이 진짜. 나도 선생이에요. 다 알아요. 괜히 겁주지 마요.

조련사3이 총을 꺼내서 김영미에게 겨눈다.

조련사3 낙오자! 쓰레기! 루저! 패배자!

조련사3이 총을 쏘려고 가까이 다가올 때,
행진곡 풍의 음악 흐르고 교장 선생님이 마이크를 들고 나온다.
조련사3은 총을 거둔다. 조련사 1, 2, 3은 공손하게 모신다.
교장선생님 훈화 말씀이 쏟아지고, 김영미에게 강한 햇빛이 비
춘다.

교장선생님 (마이크에 바람 불며) 후, 후! 열중 쉬어! (딸꾹질을 계속한다)

김영미, 일어나 열중 쉬어 한다. 쏟아지는 햇살이 뜨겁다.

교장선생님 학생 여러분! 안녕하세요? 새 학년이 시작된 지 어느덧
한 달여 시간이 지났습니다. 각자 자신이 계획하고 마음
먹은 일들을 잘 실천하고 있습니까? 오늘은 '목표를 정
하자'라는 주제로 여러분의 마음을 두드릴까……. (연설하

다 말고 코를 골고 존다)

조련사1이 다가가 툭툭 친다. 교장은 화들짝 놀라 깨지만 계속 횡설수설.

교장선생님 폭탄 돌려! (자기가 자기 소리에 놀라) 그놈의 폭탄주! (딸꾹질) 그러니까 성공한 사람들은 어릴 때부터 대부분 한 가지 목표에 대해 끊임 없이 노력했기 때문에 성공을 거두었습니다. 성공을 거두었습니다. 거두었습니다다다다……. (다시 졸다가 벌떡 일어난다)

듣고 있던 조련사 1, 2, 3도 꾸벅꾸벅 존다.
김영미, 땀을 뻘뻘 흘린다.

교장선생님 에, 마지막으로 학생 여러분! 에, 마지막으로 긍정적인 생각으로 주어진 모든 것을 헤쳐 나가는 자랑스러운 청소년이 됩시다. 에, 마지막으로 승리의 폭탄주가 항상 우리 곁에서 미소 지을 겁니다. 에, 마지막으로…… 에, 마지막으로…….

김영미, 갑자기 쓰러진다.
조련사 1, 2, 3과 교장은 일시에 사라진다.
잠시 후 잠꼬대하며 꿈에서 깨어난다. 상담실은 암흑이다.

김영미   아니야. 난 아니야. 아니야.

깁스한 팔을 만져본다. 아픔이 느껴진다.
더듬더듬 일어나 스위치를 찾아 불을 켠다. 문을 열어보지만 잠겨
있다.
실망하고 땅에 떨어져 있는 팔걸이부터 주워서 끼운다.

강현준   뭐야?

김영미, 놀라서 반사적으로 소리친다.

김영미   으악!

상담실 안을 자세히 훑어본다. 아무도 없다. 잘못 들은 줄 안다.

김영미   누, 누구 있어요?

아무 소리 없어 안심하는데 강현준이 갑자기 책상 아래에서 튀어
나온다.
껄렁껄렁해 보이는 소년이다.

김영미   엄마! (놀라서 급히 의자 들고 위협)
강현준   으악! (그 소리에 놀라 같이 뒷걸음)

서로 얼굴을 보고 놀란다. 김영미 들고 있던 의자 내려놓는다.

강현준   자는데 불을 켜면 어떡해요?
김영미   (멀찍이 서서) 여, 여기서 뭐하는 거야?
강현준   (하품) 샘 때문에 잠 다 깼잖아요.
김영미   어떻게 여기 있냐고?
강현준   샘은요?

강현준, 책상에 불량스럽게 걸터앉는다.

김영미   선생님이 먼저 물었잖아.
강현준   반성문 쓰러 왔다가 졸려서 한숨 자려고 짱 박혔다가요.
         집에 가봐야 아빠한테 개 박살 날 것 같아서 그냥 숨어
         서 푹 잤어요.
김영미   늦었는데 집에 전화는 했어?
강현준   독사가 핸드폰 뺏어갔어요. (문 쪽으로 다가간다)
김영미   잠겼어. 밖에서 잠근 것 같아.

강현준, 확인해 본다. 문을 발로 '뻥' 찬다. 김영미, 그 소리에 또 놀
란다.

강현준   (돌아서며) 핸드폰 없어요?
김영미   샘 것도 독사가……

강현준   헐!

        강현준, 책상 아래쪽으로 다시 가려고 할 때

김영미   뭐, 뭐하게?

강현준   잠이나 잘라고요.

김영미   반성문은?

강현준   아직요.

김영미   자지 말고 그거나 써.

강현준   뭐라고 써요?

        김영미, 강현준의 태도에 짜증이 올라온다.

김영미   몰라서 묻니?

        기가 차지만 억지로 참아가며 대꾸한다.

김영미   선생님 팔 안 보여?

강현준   몰라요.

김영미   이거 지금 안 보여?

강현준   모른다고요.

김영미   너무 하는 거 아냐?

강현준, 홧김에 책상을 발로 몇 번 더 찬다.

김영미, 고개를 돌리며 외면한다. 조금 무섭다. 포기하고 의자에 앉는다.

김영미   맘대로 해라!

긴 침묵.

강현준은 다시 책상 아래로 기어 들어간다.

강현준   잠이나 잘래요.

김영미, 쳐다보지 않는다. 침묵.

강현준   불 좀 꺼요.

김영미   왜 거긴 기어들어가고 그래?

강현준   상관 마요. 집에서도 이래요.

김영미   엄마가 뭐라고 안 해?

강현준   꼰대 피할 때는 여기가 명당이거든요.

김영미   아빠가 왜?

강현준   몰라요. 불 좀 꺼요.

김영미   안 돼. 선생님 무서워.

강현준   어른이 뭐가 무섭다고…….

강현준, 귀찮아하며 책상 아래에서 스위치 끄러 나온다.

김영미 임마! 어른도 깜깜한 건 무섭다고.

강현준이 스위치 누르기 전에 갑자기 불이 확 꺼진다.

김영미 야! 하지 말라니까.
강현준 내가 한 거 아니에요.
김영미 네가 한 거잖아.
강현준 아니라고요.
김영미 그럼 귀신이 했다는 거야?
강현준 몰라요.
김영미 장난치지 말고.
강현준 정말 아니라고.
김영미 까불지 말고.
강현준 (폭발) 아니야. 아니라는데 왜 자꾸 그래? 내 말을 좀 들어 봐. 어른들은 하나 같이 왜 그래? 거짓말쟁이 취급을 하고 그러냐고. 뻑 하면 때려 부수고 두들겨 패기나 하고. 내가 동네북이야. 너무 시끄러워. 지겨워. 짜증나. 미쳐 버릴 것 같아.
김영미 뭘 그렇게 오버하고 그래? (딴청 피우며) 정전인가?

밖에서 '똑똑똑' 문 두드리는 소리 들린다. 이때 불이 확 들어온다.

강현준   봐요.

김영미   뭔가 으스스하다. 정말 귀신이라도…….

문 가까이 다가선다. 밖에서 다시 두드리는 소리 들린다.

박희찬   선생님! 선생님!

김영미   누구세요?

박희찬   저에요. 접니다.

김영미   네? 안에 갇혔어요. 빨리 문 좀 열어주세요.

박희찬   빨리 명단도요.

밖에서 문 따는 소리 들려온다.

덜컥 문 열린다. 박희찬이 공구함을 들고 들어온다.

박희찬   이 선생님이 여기 계시다고 해서.

김영미   (공구함 보며) 이게 다 뭐에요?

박희찬   (현준이 보며) 애는 누구에요?

김영미   어쩌다가 같이 갇혔어요.

박희찬   (공구함 정리하며) 제 별명이 박 가이버입니다. 자물쇠가 여
          러 개 채워져서 조금 까다로운 작업이긴 했지만 이 정도
          는 식은 죽 먹기죠.

김영미   아직 퇴근 안 하셨어요?

박희찬   (간절하게) 서류 5인방 하고, 명단! 진짜 급해서 그래요.

김영미　나도 빨리 주고 싶어요. 이번에는 반드시, 꼭, 드립니다. 보험금 청구나 서둘러 주세요. 교무실에 서류가 있어서……

김영미 나가려는데, 이나리가 쭈빗거리며 들어온다.

이나리　언니! 언니! 아까는 내가 그러려고 그런 게 아니야. 마귀 할멈이 그러고 협박하는데 어떻게 당해. 잠깐 그냥 쇼한 거야. 몇 시간만 여기 있으면 내가 문 열어 주려고 했는데. 깜빡했어. 미안해. (현준이 보고) 넌 여기 왜 있어?

강현준　(귀찮아 어깨만 들썩인다)

김영미　어떻게 그럴 수가 있어?

이나리　(두 손으로 싹싹 빈다) 미안! 미안! 화 풀어.

박희찬, 공구함에서 보험 계약서를 꺼내서 내민다.

박희찬　(이나리에게) 여기! 사인만 하시면 된다니까요.

이나리　학교 분위기가 좀 안 좋아요.

박희찬　망설일 필요 없습니다. 이제 결정하세요.

이나리　조금만 더 고민해보고요.

박희찬　이 선생님! 이번에 가입하면 죽여주는 선물도 있습니다. 가스총, 호신용 3단봉, 호루라기까지 같이 드릴게요.

이나리　전기 충격기는요?

박희찬   아, 그것도 마침 드리려고 했죠?

김영미   아무나 다 주는 거였어요?

박희찬   (무마) 김 선생님한테는 마침 칙칙이까지 더 드리려고
         했죠?

이나리   어머, 나도 주세요.

박희찬   가입만 하시면…….

밖이 소란스럽다. 윤신영, 엄한수가 들어온다.

윤신영   (걱정스럽게 달려간다) 현준아! 얼마나 찾았다고. 전화도 안
         되고.

강현준   쪽 팔리게 왜 이래.

윤신영   어디 다친 데는 없고?

강현준, 엄마를 강하게 뿌리친다.

윤신영   선생이란 작자가 정신이 있어, 없어? 당신이 뭔데 우리
         현준이를 가둬? 집에도 못 가게 괴롭히냐고?

박희찬과 이나리가 슬쩍 끼어든다.

박희찬   갇힌 건 김 선생입니다.

이나리   가둔 건 엄 선생이고요.

엄한수   이 선생!

윤신영, 점점 더 사나워진다.

윤신영   이것들이 쌍으로 설쳐? 우리 애한데 무슨 짓을 한 거야?
김영미   (못 참고 발끈) 무슨 짓을 하다뇨?
윤신영   어디서 뻔뻔하게…….
엄한수   김 선생! 예의를 지키세요. 어머님! 진정 좀 하십시오.
윤신영   내가 지금 진정하게 됐어.
강현준   그런 거 아니야.
윤신영   넌 가만히 있어, 엄마가 다 알아서 처리할게. 네년이 아
        직 매운 맛을 덜 봤지? 사람 감금하는 게 얼마나 무서운
        범죄인 줄 알아. 당장 경찰에 신고할 거야. (핸드폰 들고)
        여보세요? 거기, 경찰서죠?
강현준   (소리 지른다) 씨발, 그만! 아니라니까. 그만!

발작 같은 고함 소리에 다 같이 놀란다. 잠시 어색한 침묵.

박희찬   (작은 목소리로) 김 선생님! 빨리 명단 좀…….

김영미, 황급히 교무실로 뛰어간다. 박희찬, 이나리를 계속 설득
한다.
뒤늦게 최일숙이 헐레벌떡 뛰어 들어온다.

최일숙   현준이는요?

최일숙, 강현준을 본다. 강현준은 엄마의 말이 시작되자 귀를 틀어 막는다.

윤신영   전화한 게 언젠데 이제야 기어와.

최일숙   죄송합니다. 어머님! 지금 시간이 시간이라…….

윤신영   교장이라고 뒷짐만 지고 이렇게 무책임해도 되는 거야? 선생이고 교장이고 이놈의 학교는 똑바로 하는 게 하나 도 없냐고.

엄한수   어머님! 진정하세요.

윤신영   아니 조상 중에 진정 안 해서 죽은 귀신이라도 있어? 나 만 보면 진정하라고 난리야. 그놈의 진정하란 말 두 번 다시 하지 마.

윤신영, 다가와 싸울 기세다. 최일숙은 참는다.

최일숙   죄송합니다. 늦었는데 이만 가시죠. 내일부터 시험인 데…….

윤신영은 '시험'이란 말에 움찔하며 강현준을 데리고 나간다.

박희찬   (보험 리플릿 내밀며) 교장선생님! 학부모 폭행, 언어폭력 이

런 거 다 보장됩니다. 특약만 조목조목 잘 걸어두시면
아무 문제없습니다.

최일숙   그게 뭡니까?

최일숙, 슬며시 관심을 갖는다.

4장

다음날 오후 교무실.

이나리가 교무 일정을 칠판에 쓰고 있다.

박희찬이 들어온다. 모자를 눌러 쓰고 택배 기사로 위장했다.

박희찬   택배 왔습니다!

교사들 책상 위로 보험 리플릿을 갖다 놓는다.

박희찬   (이나리에게 봉투 건넨다) 택배 왔습니다!

이나리, 돌아보지도 않고 대답한다.

이나리   거기 두세요.

박희찬   (뒤에서 작은 목소리) 이 선생님!

이나리, 놀라서 쳐다본다.

박희찬   결정하세요!

이나리, 모른 척하고 칠판 쓰며 슬쩍슬쩍 말한다.

이나리	뭐하는 거예요?
박희찬	마음 편하게 결정하시라고요.
이나리	고민 중이에요.
박희찬	아직도요?
이나리	제가 워낙 신중한 성격이라서.
박희찬	김 선생님은요?
이나리	조금 있으면 회의하러 올 거예요. 올 때 됐는데…….
박희찬	가입 선물 구경 안하실래요?
이나리	선물이요? 지금은 좀 곤란하고 30분쯤 후에 다시 올래요? 선생님들 다 퇴근하시면 그때요.
박희찬	부르시면 언제든지 달려옵니다. (나간다)

김영미, 깁스한 그대로 들어온다. 모두 각자의 업무로 바쁘다.
동료 교사들에게 무언가 도움을 구해본다. 다들 모른 척 외면한다.
모두 손에 잡히지 않는 구름처럼 흩어진다.

김영미　최 선생님! 오 선생님! 박 선생님! 주 선생님! 길 선생님! 정 선생님! 임 선생님! 고 선생님! 서 선생님! 모 선생님…….

넓은 교무실에서 고립된 섬이 되는 김영미. 마지막으로 이나리에게 간다.

김영미	메시지 봤어?
이나리	네?
김영미	쿨 메시지.
이나리	네.
김영미	자기는 나 도와 줄 거지?
이나리	…….
김영미	보험금은 꼭 받아야 돼.
이나리	언니! 잠깐만요.

김영미를 데리고 교무실 한쪽 구석으로 간다.

이나리	난 빠져야 할 것 같아요. 이해 좀 해주세요.
김영미	무슨 일 있어?
이나리	얼마 안 있으면 재계약 결정되는데 아직 학교에서 아무 말도 없어요. 지금은 언니 도와줄 처지가 못돼요. 나 잘리기 싫어요.

이나리, 미안한 마음에 밖으로 나가 버린다.
엄한수가 들어와 자리에 앉는다. 김영미, 망설이다 다가간다.

김영미	부장 선생님!
엄한수	네.
김영미	(차마 말 못하고) 아, 아닙니다.

돌아서서 가는 김영미를 엄한수가 불러 세운다.

엄한수 포기하지는 마세요.

김영미 (돌아본다) 선생님!

엄한수 어떤 순간에도 선생은 학생을 포기하면 안 됩니다. 현준이 놓치지 마세요. (사이) 녀석한테도 사정이란 게 있었을 겁니다.

김영미 현준이요.

김영미, 잠시 침묵. 생각에 잠긴다.

김영미 야단을 좀 친 것뿐이었습니다.

엄한수 애들이 한참 충동적이고 제일 민감할 때잖아요. 녀석을 조금만 이해해 주도록 해주세요.

김영미 입장 바꿔 선생님이 그런 일을 당했어도 그럴 수 있으세요?

엄한수 김 선생! 서로 시간이 필요한 건지도 모릅니다.

김영미 선생도 뭣도 아니고, 파렴치한 보험 사기꾼이 되어 버렸는데 앞으로 뭘 더 할 수 있을까요? 어쩌다 교사를 해가지고…….

엄한수 교장선생님 모시고 올게요. (나간다)

김영미는 머리가 아파와 책상 서랍을 뒤져 두통약을 찾는다.

강현준이 교무실로 들어온다. 얼굴이 상처투성이다.
말없이 김영미 앞으로 온다. 약봉지를 내민다.

김영미　　뭐니?

강현준　　몰라요.

김영미　　무슨 약인데?

강현준　　모른다고요.

김영미, 열어 본다. 여러 가지 약이 가득 들어 있다.

김영미　　약은 네가 더 필요한 것 같은데. 아빠한테 많이 혼났니?

강현준　　샘, 잘려요?

김영미　　누가 그래?

강현준　　학교에 소문 다 났어요.

김영미　　아니거든. 너 반성문은?

강현준　　(반성문 내민다) 몰라요. (뛰어 나간다)

김영미　　야, 밴드라도 부치고 가…….

강현준이 나간 쪽을 물끄러미 바라보다 반성문을 본다.

김영미　　글씨 하고는…….

최일숙과 엄한수가 들어온다. 최일숙, 결재판을 들고 있다.

어색한 분위기로 소파에 같이 모여 앉는다.

최일숙 긴말 필요 없고, 김 선생이 모두 책임지도록 하세요.

엄한수 경위서는 서둘러 작성하라고 했습니다.

최일숙 이번 일은 경위서 한 장으로 끝날 사안이 아닙니다. 그 보험을 당장 포기하세요. 깨끗하게 해약을 하십시오.

김영미 해약이라뇨? 그건 안 돼요.

최일숙, 결재판 안에서 흰 편지 봉투와 종이를 꺼내 앞으로 내민다.

최일숙 그럼, 조용히 정리하세요. 학교는 시골 쪽으로 알아봐 드리겠습니다. 어차피 기간제니까 어딜 가든 마찬가지 아닙니까?

김영미 이게 다 무슨 말씀이세요?

최일숙 더 이상 일 더 커지면 좋을 거 없습니다.

김영미 그런다고 학교를 그만두라뇨?

최일숙 잘리는 게 아니라 개인 사정상 사직하는 걸로 특별히 덮어 줄게요.

김영미, 잠시 말문이 막혀 대꾸하지 못한다.

최일숙 김 선생이 보험을 포기하는 게 지금으로선 최선인데, 그게 싫다고 하니까 학교를 나가 주셔야죠.

엄한수　학기 중이라 애들이 좀 혼란스러울 텐데요.

최일숙　엄 선생님!

김영미　보험금은 포기 못 합니다.

최일숙　뭐라고요?

김영미　학교도 안 그만둡니다. 다들 해도 해도 너무 하시네요.

최일숙　기껏 생각해줬더니…….

김영미　돌아가는 꼴을 보고도 그러세요? 모든 게 이상하고 부당하다고요.

최일숙　부당하다뇨? 김 선생 때문에 학교 명예가 실추됐습니다. 학교가 너무 시끄러워졌다고요. 평가도 다 망쳤어. 책임을 지세요.

김영미, 참지 못하고 자리에서 일어난다.

김영미　제가 뭘 잘못했다고 이러십니까?

엄한수　김 선생! 앉아요.

김영미　더 이상 드릴 말씀 없습니다.

최일숙　거기, 서요.

김영미, 그냥 무시하고 문 쪽으로 걸어간다.

최일숙　김 선생!

김영미가 문을 열고 나가려는 순간, 최일숙이 부른다.

최일숙   한 달에 얼맙니까?

김영미   (뒤돌아선다)

최일숙   그 보험 말입니다.

엄한수   교장 선생님!

최일숙   그냥 좀 궁금해서 그럽니다. 도대체가 이해가 안 돼서요.

김영미   잘 알고 계시면서 뭘 더 물어보세요.

최일숙   (괜히 찔려서) 뭐, 뭐라고? 기가 막혀서.

엄한수   김 선생, 당장 사과드리지 못해요.

최일숙   뻔뻔하긴. 당신 같은 사람이 어떻게 교사가 됐는지 이해 가 안 가. 미꾸라지 한 마리가 물 다 흐려 놓더니, 학교가 엉망진창이 됐다고.

밖이 소란스럽다. 윤신영이 주도한 학부모 항의 방문 소리 들려 온다.

소리1   학생 폭력 유도하는 김 선생은 물러가라!

소리2   보험 사기꾼 김영미는 물러가라!

소리3   교사 자질 없는 기간제는 당장 자폭하라!

이나리는 말리고, 윤신영은 막무가내로 안으로 들어온다.
피켓을 들고 머리에 붉은 띠를 두르고 있다.

윤신영   물러가라! 물러가라! 사기꾼은 물러가라!

엄한수, 다가가 윤신영을 말린다.

엄한수   어머님! 진정…… (윤신영 눈치 보고) 아니 조용 좀, 아니 릴 랙스, 아니 평정 좀 하시고 이러지 마세요.

최일숙   제 방으로 가서 말씀을……

윤신영   너 따위가 무슨 선생은 선생이야. 미친년아 무릎 꿇고 용서를 빌어.

김영미   내가 왜?

김영미, 흰 봉투와 종이를 박박 찢어서 던져버린다.

김영미   당신들 내가 다 고발할거야.

최일숙   뭐가 어쩌고 어째?

김영미   (윤신영에게) 당신 아들도!

윤신영   미친년이. 누가 무서워 할 줄 알아.

이나리   (말리며) 언니가 참아.

김영미는 가방에 있던 가스총을 꺼내서 겨눈다.

김영미   폭행! 감금! 협박! 부당해고! 명예훼손!

놀라서 다 같이 뒤로 물러난다.

이나리   언니, 난 아니야. 교장 선생님이 시켜서 한 거잖아.

최일숙   엄 선생! 어떻게 좀 해봐.

윤신영은 최일숙 뒤로 슬쩍 숨는다. 김영미, 다시 위협한다.

김영미   꼼짝 마! 다 죽었어!

일제히 손을 위로 치켜든다.

엄한수   김 선생! 흥분하지 말고 그거 좀 내립시다.

이나리   언니! 왜 이래? 그거 진짜 총이야? 너무 무서워.

최일숙   김 선생, 이러지 말고 말로 하세요.

윤신영   (기가 죽어서) 내가 그러고 싶어서 그런 게 아니야. 우리 남편이 뒤에서 다 시킨 거야. 애 교육 잘못 시키면 죽인다고 하도 지랄을 해가지고…….

다시 위협하자, 사람들 한쪽 구석으로 뒷걸음질 친다.
박희찬이 들어온다. 헬멧을 쓰고 퀵 서비스 기사로 위장했다.

박희찬   퀵 부르신 분이요!

김영미, 가스총으로 위협한다.

김영미 꼼짝 마!

박희찬도 순간 놀라서 물러난다.

박희찬 놀래라!

아무렇지도 않게 김영미에게 먼저 다가가서,

박희찬 (헬멧 벗으며) 보험금 청구 영수증이 하나 빠졌지 뭡니까.

박희찬, 손들고 있는 사람들 봤다가 김영미 가까이 간다.

박희찬 또예요? 이번에는 누구 짓이에요?

손들고 있는 사람들 다시 자세히 훑어본다.

박희찬 떼로 덤빈 거예요? 한꺼번에 다같이?
김영미 조용히 좀 하세요.
박희찬 다친 데는 없어요? 보험 처리하면 됩니다. 안심하십시오.
김영미 그런 거 아니에요. 조용히 좀 해요.
박희찬 거 봐요. 학교폭력보험 가입 선물을 요긴하게 쓸 때가

있을 거라고 했잖아요. 탕! 탕! 그 가스총 잘못 맞으면
바로 끽…… 기절하는데. 그러다가 영영 못 깨어날 수도
있고.

사람들, 점점 더 위협을 느낀다.

김영미 입 다물라니까.

최일숙이 김영미에게 조금씩 다가오며 설득하려고 한다.

최일숙 김 선생! 그거 내리고 내 말 좀 들어봐.
김영미 당신이 제일 나빠.
최일숙 정교사 시켜 줄게.
윤신영 (발끈) 정교사라니? 이 사기꾼을…….
엄한수 어머님! 진정, 아니 평정 하십시오.

김영미, 윤신영을 총으로 위협한다.

김영미 닥쳐!
최일숙 김 선생! 그거부터 좀 내려. 보험 포기하고 고발 안하면
정교사 채용 도와줄 수 있어. 사립이니까 내 권한으로
얼마든지 가능해. 우리 다 없었던 일로 하자고. 이쯤에서
다 덮자고. 그거부터 좀 내려.

이나리	나한테는 기부금 오천이나 내라고 했잖아요.
최일숙	이 선생은 좀 빠져.
김영미	(교장을 위협) 당신 말을 어떻게 믿어? 나중에 딴소리 하면?
최일숙	서로 덮는 거야. 김 선생은 손해 볼 거 하나도 없는 거고.
김영미	(주춤하며) 가, 가능성이 있긴 있는 거야?

박희찬, 이나리에게 다가가 슬쩍 가스총을 꺼내 보이며,

박희찬	사인만 하시면 바로…….

이나리 결정을 못하고 안절부절 한다. 박희찬은 가스총을 넣어버
린다.
김영미는 고민에 빠진다. 머리가 조금씩 아파온다.

박희찬	김 선생님, 약해지지 마세요. 보험금을 왜 포기합니까?
최일숙	그깟 보험금 몇 푼이나 된다고.
박희찬	얄팍한 감언이설에 넘어가지 마요. 절대 포기하면 안 돼요. 보험금은 고객님의 정당한 권리입니다.
최일숙	기간제가 정교사 되는 거 하늘에 별 따기야.

박희찬, 김영미에게 다가간다.

박희찬	김 선생님! 빠진 영수증부터 얼른요.

김영미 지금 영수증이 문제에요?

박희찬 영수증이 문제에요. 서류 하나라도 빠지면 보험금 청구가 안 돼요.

윤신영 (발끈) 보험금 노린 거 맞잖아.

엄한수 (말리며) 어머님!

최일숙 그 보험금 타면 정교사고 나발이고 영영 끝이야.

김영미 (강하게 위협) 재단에 다 폭로해 버릴 거야. 이사장도 고발할 거야.

최일숙, 깜짝 놀라서 다시 김영미를 달랜다.

최일숙 김 선생! 이거 왜 이래. 침착하고. 우리 싹 다 없던 일로 하자고. 정교사 자리는 내가 진짜로 해줄게. 자, 진정하고 내 말 좀 들어.

이나리, 박희찬에게 소리친다.

이나리 사인!

박희찬은 흥분해 서류를 준다는 게 실수로 가스총부터 이나리에게 내민다.
박희찬 놀라서 소리친다.

박희찬   으악, 사인!

이나리, 재빨리 가스총을 최일숙에게 겨눈다.

이나리   나는요?
최일숙   (물러서며) 이 선생까지 왜 이래.
이나리   나도 학교에 할 만큼 했다고.
최일숙   정식 티오가 하나 밖에 없어.

이나리, 총을 김영미에게 겨눈다. 이나리와 김영미는 서로를 겨
눈다.
침묵하며 잠시 대치만 하고 있는데,

박희찬   교무실의 결투! 제목 의자놀이, 개봉박두!

서로를 위협한다. 사람들은 뒤로 물러나서 불안하게 쳐다본다.

이나리   포기해.
김영미   그만둬.
이나리   학교에서 나가.
김영미   내가 왜 나가?
이나리   어차피 남아봐야 못 버텨. 교장 말 믿지 마.
김영미   너도 마찬가지야. 정교사 자리 그냥은 안 돼.

70

이나리	그러다 보험금 한 푼도 못 받을지도 몰라.
김영미	무조건 받을 거야. 너나 정신 똑바로 차려.
이나리	티오는 하나야. 언니가 나가줘.
김영미	못 나가. 내 자리 뺏길 순 없어.
이나리	사기꾼!
김영미	미친년!

김영미와 이나리는 동시에 서로에게 가스총을 발사한다.
사람들 놀라서 고개 숙이고 주저앉는다. 박희찬은 태연하게 말
한다.

박희찬	그거 모형 가스총이에요. 겁만 주는 거요.

김영미와 이나리는 다시 총을 쏴보지만 작동이 되지 않는다.
김영미 머리가 계속 아파와 조금씩 휘청거린다.
엄한수는 화가 치밀어 박희찬에게 달려든다. 다 같이 거든다.

엄한수	모든 게 그 빌어먹을 보험 때문이라고. 당장 나가.
최일숙	김 선생도 같이 나가.
윤신영	사기꾼!
박희찬	김 선생님! 얼른 영수증이요. 이 선생님! 사인도.
이나리	미친놈! 누굴 속여. 꺼져!

김영미는 자기 책상 쪽을 주시하며 휘청거리며 움직인다.

엄한수 (박희찬 멱살 잡고) 이 새끼가…….

박희찬은 뿌리치고 교무실을 뛰어 다니며 시간을 번다.

박희찬 김 선생님! 빨리요!

김영미는 정신없이 책상 서랍을 뒤져 영수증을 찾는다.

김영미 (영수증 높이 들고) 여기!

박희찬이 영수증을 낚아채려고 재빨리 뛰어오는데
김영미 머리 잡고 구토하다가 끝내 쓰러진다.
앰뷸런스 소리 들려온다.

5장

며칠 후 교무실.
이나리가 엄한수 책상 옆에 서서 걱정을 쏟아 놓는다.

이나리 (엄한수에게) 김 선생님은 어떻게 되는 거예요?

최일숙, 뒤에서 불쑥 끼어든다.

최일숙 어떻게 되긴요.

김영미 책상으로 간다. 책상 위에 꽂힌 책을 쓰레기통에 쏟아 버린다.

최일숙 제발로 나가도록 우리가 도와야죠. 학교 명예를 땅에 떨어뜨린 교사를 그대로 둘 순 없습니다. 질 나쁜 인간은 선생 자격이 없어. (이나리 보며) 3반 담임은 앞으로 이 선생이 맡으세요.

엄한수 아직 진실이 다 밝혀진 건 아니잖습니까?

이나리 그런데 정교사 제안하신 건요?

최일숙 김 선생은 안 돼요. 이사장님께는 모든 일을 잘 말씀 드렸어요. 어디서 사람 협박이나 하고. 일이 학교 밖으로

터지는 순간 게임 오버! 상황은 끝난 겁니다. 이미 엎질
러진 물입니다.

엄한수 김 선생이 병가에서 돌아오면 그때 정식으로 말씀을 하
십시오.

최일숙 됐습니다. 더 이상 학교가 시끄러워서는 안 됩니다. 김
선생이 자진해서 학교를 떠날 수 있도록 두 분도 협조
부탁합니다. 특히 이 선생! 같이 떠나고 싶지 않으면 처
신 잘해.

이나리 네.

엄한수, 이나리는 선뜻 나서지 못한다.

최일숙 부장 선생님! 김 선생 책상 밖으로 빼세요.

엄한수 책상을요?

최일숙 아예 발을 못 붙이게 해야지. 협조하세요.

엄한수 정말 빼라는 뜻으로 말씀하신 건 아니시죠?

최일숙 빨리 마무리해주세요.

최일숙, 밖으로 나간다.

이나리 확 그냥 나가버릴까요?

엄한수 어디 갈 학교는 있습니까?

이나리 아니요.

엄한수   (한숨) 쥐 죽은 듯이 지냅시다.

엄한수, 김영미의 책상으로 가서 책을 뒤적인다. 마음이 복잡하다.

엄한수   이 선생.

이나리   네?

엄한수   저기 내 말 오해하지 말고.

이나리   예.

엄한수   그러니까, 아닙니다.

이나리   아니에요. 말씀하세요.

엄한수   아니에요. 아닙니다.

이나리   아니에요. 말씀하세요.

엄한수   저기…….

이나리   예.

엄한수   김 선생 말입니다.

이나리   예, 김 선생님이요.

엄한수   내가 어제 밤에 곰곰이 생각을 좀 해봤는데 말입니다.

이나리   어머, 저도 곰곰이 생각해 봤는데.

엄한수   정말 뭐가 있긴 있는 게 아닐까요?

이나리   어머, 저도 그런 비슷한 생각했는데.

엄한수   그래요?

이나리   예.

엄한수   오해하지는 마세요. 그래도 우리가 다 같이 선생인 처지고, 또 내가 김 선생을 그렇게 나쁘게 생각하고 그래서 그런 건 절대 아닙니다.

이나리 저도 그래요. 저 김 선생님이랑 많이 친하잖아요.

엄한수 그러니까 내 말은 뭐 사람 속은 모르는 법이니까.

이나리 저도 같은 생각이에요.

엄한수 그럼 좀 편하게 얘기하면 말입니다.

이나리 마음 푹 놓고 말씀하세요.

엄한수 사실 우리 교장 선생님이 좀 그런 분이긴 하지만 이렇게까지 할 분은 아니잖아요.

이나리 그럼요. 뭐가 있긴 있으니까 그러시겠죠.

엄한수 그렇죠. 보험금 때문에 멀쩡한 손가락도 자르는 세상이고.

이나리 자기 가족도 잔인하게 죽이는 세상이고.

엄한수 하하하.

이나리 <u>호호호.</u>

엄한수 그래서 김 선생은 보험금을 얼마나 탄 답니까?

이나리 타면 꽤 된다고 하던데요. 뇌진탕까지 추가되면…….

엄한수 뇌진탕도 보장이 되는군요?

이나리 네. 그렇대요.

엄한수 그렇군요.

이나리 네.

엄한수 하하하.

이나리 <u>호호호.</u>

엄한수 아차, 교장 선생님이 책상을 빼라고 하셨는데.

이나리 어머, 그러네요. 저도 깜빡했어요.

엄한수 어쩝니까. 교장 선생님이 지시하는데…….

이나리 저희야 뭐 지시니까 어쩔 수 없는 거죠.

엄한수 하필이면 다른 선생님들 다 수업 가셨군요.

이나리 어머, 정말 둘밖에 없어요.

엄한수 음음. 그럼 우리 둘이서라도 어떻게 해봅시다.

두 사람이 어색하게 책상을 밀어서 옮기려는데,

김영미, 팔에는 깁스하고 머리에 붕대를 칭칭 감은 채 들어온다.

김영미 지금 뭐하는 거예요?

엄한수와 이나리는 놀라서 멈춘다.

엄한수 여길 어떻게.

이나리 아, 그게 그러니까…….

김영미 내 책상 건드리지 마!

엄한수 김 선생, 우린 그냥 교무실 공간을 효율적으로…….

김영미 누굴 바보로 아십니까?

김영미, 자기 책상을 원래 자리로 옮기려고 안간힘을 쓴다.

엄한수 김 선생, 뭐하는 겁니까?

이나리 언니, 어쩌려고 그 몸으로 학교에 온 거예요?

엄한수와 이나리 반대쪽에서 책상을 잡아당긴다. 서로 옥신각신
한다.

엄한수 막무가내로 이런다고 해결될 일이 아닙니다.
이나리 다 언니 생각해서 이러는 거예요. 일단 병가나 끝나고
다시 출근해요.
김영미 출근 좋아하시네.

김영미, 자기 교과서를 찾다가 쓰레기통에서 발견하고 줍는다.

김영미 수업 들어갈 거야. 애들 가르치러 가야 돼.

이나리, 교과서를 뺏으며 강하게 말린다.

이나리 언니 진짜 왜 그래?
김영미 이거 놔. 이대로 잘릴 순 없어. 노량진에서부터 내가 어
떻게 여기까지 왔는데. 이 학교, 저 학교 옮겨 다니며 내
가 어떻게 버텨 왔는데. 내 수업은 끝까지 내가 해! 내가
지켜!
이나리 그 몸으로 수업은 무리에요.
엄한수 어허. 김 선생! 그 꼴로 수업은 무슨 수업입니까? 그리고

지금 김 선생님이 이럴 때예요? 당장 교장 선생님하고 이사장님한테 가서 잘못 했다고 싹싹 빌기라도 팔 판국에. 그러다가 학교 잘리고 교단에서도 영영 매장 당합니다.

박희찬, 세련된 양복 차림으로 당당히 들어온다.
네모난 상자를 들고 있다.

박희찬 병원 갔더니 학교 가셨다고 해서요.

엄한수 또 당신이야?

박희찬 김 선생님. (상자를 내민다) 여기, 선물이요.

김영미, 반가운 표정으로 눈빛을 번뜩인다.

김영미 (받는다) 다 있는 거죠?

박희찬 확실하게 챙겨왔습니다. 김 선생님 아니었으면 진짜 밥 줄 끊길 뻔했어요. 우리 가족의 생명과도 같은 구세주, 은인이십니다.

김영미 (상자 열어본다) 벌써 가입들 많이 했나 봐요.

박희찬 (싱글벙글) 덕분이요. 저기 계신 엄 선생님하고, 이 선생님 빼고 전부 가입 완료하셨습니다. 물 밑의 조용한 호응이 엄청 뜨거웠죠.

이나리 어머, 그게 다 무슨 소리예요?

엄한수　아니 여기가 어디라고 사기를 쳐.

박희찬　순진들 하시긴요. 선생님들이 쉬쉬하면서 결국 다 절 찾
　　　　아오셨어요.

엄한수　아니 이 사람들이…….

이나리　어떻게 그럴 수가…….

박희찬　뭐 사람 속은 모르는 법이니까.

엄한수　(허리를 잡고) 내 참, 뭐 이런 일이 다…….

이나리　(목을 만지며) 아, 내 목!

박희찬　그리고 드디어 교장 선생님께서도…….

김영미, 상자를 풀어 보다가 돌아본다.

이나리　교장 선생님이요?

박희찬　네. 특약을 아주 조목조목 추가해서 오늘 최종 가입 예
　　　　정이시죠.

엄한수　뭐라고?

김영미　뭘 그렇게 놀라세요. 몰랐어요?

박희찬　그러지 말고 지금도 늦지 않았습니다. 두 분도 빨리 가
　　　　입들 하세요.

이나리　가입 전에 다쳐도 보장이 가능해요?

박희찬　왜요? 어디 다치셨어요? 제가 무조건 보장되게 합니다.
　　　　선생님들, 이번 기회를 잡으세요. 지금이 마지막 찬스에
　　　　요. 내일부터 학교폭력보험 보험료를 두 배로 인상할 예

정입니다.

엄한수와 이나리는 서로를 쳐다본다.

엄한수   저, 저기.
이나리   저요!

두 사람은 서로 먼저 가입하겠다고 박희찬에게 달려든다.

엄한수   신청서!
이나리   나! 나부터요.
엄한수   어허, 내가 먼저예요.
이나리   상담은 제가 먼저 받았거든요.
엄한수   이 사람이? 찬물도 위아래가 있는데.
이나리   찬물은 먼저 드시고요.

엄한수와 이나리는 계속 아우성.
이때 최일숙이 거만하게 끼어든다. 김 선생은 몸을 숨긴다.

최일숙   다들 스탑!

잠시 멈추고 다 같이 쳐다본다.

최일숙 이거 왜 이래. 내가 먼저야. 저리 비켜.

엄한수와 이나리는 무시하고 박희찬에게 계속 달려든다.

엄한수 교장 선생님 너무 하십니다. 아픈 데도 없어 보이는데 급한 사람한테 양보하셔야죠.

이나리 그러니까 당연히 저부터죠. 어제 애들 혼내다가 목을 다 쳤다고요.

엄한수 나는 어제 애들 싸움 말리다가 허리를 심하게 삐었어요.

양보 안하고 서로 싸우기 바쁘다.
다 같이 정신없이 달려들자 박희찬은 책상 위로 뛰어 올라간다.

박희찬 (보험가입서 높이 들고) 자, 자 줄을 서세요!

막무가내로 먼저 하겠다고 서로 싸운다. 가입신청서 공중으로 날아다닌다.

이나리 목, 목이 아파요.

엄한수 이 나이에 허리 한 번 다치면 골치 아파.

최일숙 싸가지 없는 것들. 보험도 위아래가 있어.

이나리 보험에 위아래가 어딨어요.

엄한수 남자는 허리 한 번 다치면 골치 아파.

최일숙 이러니 요즘 젊은 선생들은 안 되는 거야.

박희찬 자, 자 순서를 지키세요! 먼저 가입서에 사인부터 하시고.

아수라장 가운데 수업종이 울린다.

김영미는 반사적으로 수업할 책을 챙긴다. 최일숙, 김 선생 발견하고

최일숙 아니 김 선생! 지금 여기서 뭐하는 겁니까?

아랑곳하지 않고 상자에서 호루라기를 꺼내 목에 걸고,

전기 충격기와 호신용 3단봉을 챙겨든다.

김영미 이대로 포기 할 수 없어. 피하지 않을 거야. 떠나지도 않을 거야. 내 수업은 지금부터 다시 시작이야!

수업종이 점점 더욱 크게 계속 울린다.

선생님들은 여전히 야단법석이다.

끝.

한국 희곡 명작선 49

김 선생의 특약

초판 1쇄 인쇄일   2021년 1월 10일
초판 1쇄 발행일   2021년 1월 20일

지 은 이   임은정
만 든 이   이정옥
만 든 곳   평민사
           서울시 은평구 수색로 340 〈202호〉
           전화 : 02) 375-8571
           팩스 : 02) 375-8573
           http://blog.naver.com/pyung1976
           이메일 pyung1976@naver.com
등록번호   25100-2015-000102호
ISBN   978-89-7115-747-3 03800
            978-89-7115-663-6 (set)
정   가   7,000원